© Uitgeverij Zwijsen Algemeen B.V.
Tilburg,1992,
titre original : *een huis voor een luis.*
© Éditeurop
P.A. Bois Chamaillard. Bessines
BP76 79003 Niort
pour l'édition française.
Dépôt légal : mars 1998.
Bibliothèque nationale.
ISBN 2-84386-005-9.

Exclusivité au Canada :
© Éditions Hurtubise HMH
1815, avenue De Lorimier
Montréal (Québec)
H2K 3W6 Canada.
Dépôt légal : 2$^e$ trimestre 1998.
Bibliothèque nationale du Québec,
Bibliothèque nationale du Canada.
ISBN 2-89428-279-6.

Loi n° 49-956 du 16 juillet 1949
sur les publications destinées à la jeunesse.

Imprimé en CEE.

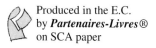

Produced in the E.C.
by *Partenaires-Livres*®
on SCA paper

# Du rififi chez les poux

Une histoire racontée par
**Elisabeth Marain**
et illustrée par
**Kristien Aertssen**

Éditeurop / Hurtubise HMH

# Table des matières

# 1. Un trou dans la tête

Marie-Lou revient de l'école.
« La classe est déjà terminée ?
demande sa mère.
– Non, pas encore, répond
Marie-Lou. Mais la maîtresse
a dit que je devais rentrer à la maison.

– Que s'est-il passé ? s'étonne Maman.
– Il paraît que j'ai un trou dans la tête.
– Un trou ? Ce n'est pas possible ! »

« Ça te fait mal ? s'inquiète Maman.
– Non, ça ne me fait pas mal, mais
je ne me souviens plus de ce que j'ai,
pleurniche Marie-Lou. Un trou ? un clou ?
un loup ? Ça y est ! Je me rappelle !
s'écrie-t-elle. Ce n'est pas un trou,
ni un clou, ni un loup. C'est un pou !
Avec un P.

– Un pou ? s'alarme Maman. Viens ici
que je regarde… Mon Dieu ! Il y en a toute
une famille ! s'écrie-t-elle en inspectant
les cheveux de Marie-Lou. Ce n'est pas
un pou, mais au moins dix.
– C'est beaucoup ! » dit Marie-Lou.

Maman voit
les poux courir
sur la tête
de Marie-Lou.
Il y a Papa pou et Maman pou,
Oncle pou et Tante pou,
pou Pin et pou Pon,
pou Fric et pou Frac,
pou Lily et pou Lola.
Et Marie-Lou se gratte.
C'est très désagréable !

## 2. La brigade antipou

Maman prend un peigne et du shampooing antipou.

« Ça va faire mal ? gémit Marie-Lou.

– Mais non, ma chérie. Comment veux-tu que je te fasse mal avec un peigne et du shampooing ?

– Ce n'est pas pour moi, dit Marie-Lou. C'est pour les poux. Ça va leur faire mal ?

– Tu préfères te gratter ? demande Maman.

– Ah, non ! J'ai horreur de ça ! »

« Alors, les poux ! annonce Maman.
Vous avez entendu ? Ça va chauffer ! »
Maman repère tous les poux :
Papa pou et Maman pou,
Oncle pou et Tante pou,
pou Pin et pou Pon,
pou Fric et pou Frac,
pou Lily et pou Lola.
Les poux courent dans
tous les sens, glissent sur
les mèches de cheveux,
comme sur des vagues.

## 3. Des idées au poil

Les peignes ? Les poux détestent ça.
Quant aux shampooings,
les poux les haïssent.
Fric tente de se sauver.
Frac aussi.
Et Papa pou et Maman pou,
et Oncle pou et Tante pou,
et Pin et Pon,
et Lily et Lola.
Mais pour aller où ?

« J'ai trouvé !
s'écrie Maman pou.
J'aperçois un animal
aux longs poils. Un vrai
paradis pour les poux ! »
Maman pou appelle le reste
de la famille, Papa et les autres :
« Venez ! Sautons sur cet animal.
Ce peigne et ce shampooing
ne me disent rien de bon.
Alors, là-bas nous serons tranquilles.

– Tu es folle ou quoi ?
réplique Papa pou.
Ces poils ne conviennent pas
aux poux. Il faut rester dans
les cheveux d'un être humain.
Des poux comme nous
ne s'installent jamais
chez les animaux.

– Regardez la jolie
poupée ! s'écrie Fric.
Elle ressemble
à Marie-Lou avec
ses beaux cheveux.
Je préfère quitter
la tête de Marie-Lou.
Un peigne et
du shampooing, ça ne
me dit vraiment rien.
Une belle poupée,
ça me convient.

Alors, qui veut venir avec moi ?
Frac, tu m'accompagnes ? »

# 4. Les bonnes cachettes

« Tu es bête ! s'écrie Lily.
On n'a jamais vu un pou
se réfugier sur une poupée.
C'est impensable !
Une poupée n'est pas vivante !
Si on reste dans ses cheveux,
demain nous serons morts.
– Comment faire ? se plaint Pon.
Moi, je reste chez Marie-Lou.
Je suis bien ici, elle sent si bon !

– Tu n'as qu'à te réfugier,
comme moi, dans une rose,
lance Lily. Une rose aussi,
ça sent bon ! Mais attention
aux épines, ça pique !
– Moi, je vais me cacher
dans l'oreille de Marie-Lou,
annonce Lola. C'est la seule
solution. Dépêchez-vous
de vous cacher !
– Je déteste les roses,
gronde Pon. En plus,
il n'y a rien à manger !
Vite, vite ! Dans l'oreille
de Marie-Lou !

– C'est mon idée,
s'écrie Lola furieuse.
Il n'y a pas de place pour toi.
Une oreille, c'est bien trop petit
pour deux poux.

– C'est complètement idiot !
avertit Pon. Réfléchissez !
Un pou sur un animal.
Un pou sur une poupée.
Un pou dans une fleur.
Un pou dans une oreille !
Et où encore ?
Ça n'ira jamais.
Il n'y a qu'un endroit
possible : les cheveux
de Marie-Lou ! »

# 5. Sauve qui peut !

« On va mourir, gémit Tante pou.
– Mais non, la rassure Oncle pou. Il faut
se serrer les coudes. De toute manière,
il n'y a rien à faire. »
C'est la grande discussion, chez les poux
restés sur la tête de Marie-Lou.
Personne ne trouve de solution.
Une chose est certaine : il faut partir
avant que cela ne devienne trop dangereux !
Papa pou, Oncle pou, Tante pou,
Pin et Pon, sauvez-vous !
Quittez vite les cheveux de Marie-Lou !
Mais pour aller où ?

« Aïe, Aïe, Aïe ! »
hurle Pin.
Le peigne lui fait mal.
Il ressent comme
des coups de couteau
dans le dos.

« Aïe, Aïe, Aïe ! »
gémit Pon. Il craint
l'eau et déteste
le shampooing
qui pique.

# 6. Le grand voyage

L'eau monte, comme une rivière en crue.
Les poux sont emportés par les eaux
et commencent un grand voyage,
de l'évier à l'égout et
de l'égout à la rivière.

« Voilà ! C'est terminé, dit la maman
de Marie-Lou. Les poux ont disparu
de ta tête ! Ils ont été emportés par l'eau.
Tu peux retourner à l'école. »
Marie-Lou n'est pas
convaincue.
Son oreille la chatouille.
Sa poupée fait la grimace.
Et la rose a triste mine.

« Waf, Waf, Waf ! » aboie le chien.
Il se gratte et court dans tous les sens.
Que se passe-t-il ?
Marie-Lou se pose des questions.
Pourtant sa mère ne voit plus aucun pou !
Où sont-ils donc passés ?
Tu as peut-être une idée ?

## Le bric-à-brac de Jacques

Quelle pagaille chez Jacques ! Avec tout ce bric-à-brac, il n'a plus la place de bouger. Un grand ménage s'impose. Mais que faire de cette chaise, de ce vase, de ce vieux coffre et de ce tableau ? Pour donner une nouvelle vie à ces objets, Jacques a bien des idées, mais….

## Trois princes et une limace

Le vieux roi est malade. Le moment est venu pour lui de désigner un héritier au royaume. Lequel de ces trois princes ferait un bon successeur ? Le roi va tenter de les départager en les mettant à l'épreuve. Qui aurait pensé que leur sort dépendait d'une limace ?

## Du rififi chez les poux

C'est la panique dans la famille Pou ! Un assaut de peigne et de shampooing antipou qui pique les oblige à trouver une meilleure cachette que les cheveux de Marie-Lou…